멀리서보면

푸른봄

3

드라마의 정의는 '일어날 법한 일'이라는 말을 좋아합니다.
과장되어 보이는 이 극도 결국은
현실을 사는 누군가가 겪고 있는 일이니까요.
그래서 이 이야기가 충분히 불편했으면 합니다.

이 작품을 준비하고 연재하는 동안
제 자신이었고, 제 주변이었던,
20대 청춘들
그 누군가들의 고민을 팔아
감히 제가 배불리고 있다는 부채감을 가졌습니다.

작품을 연재하고 책으로 나오기까지
제가 빚져야 했던 많은 사람들에게 미안하고 고맙습니다.

여유를 갖는 일 하나가 귀하게 된 세상에
다른 이의 여가시간을 책임진다는 건
제게 영광스러운 일입니다.

이 만화를 읽어주시는 모든 분들 감사합니다.

지능

3

지웅 지음

책들의정원

CONTENTS

메시지 보내기

야 너무 무리할 필요
없다. 안 될 거 같으
면 연락만 제때 해

잘 지냈니?
건강해 보이는구나.

그딴 인사는 좀
집어치우지?

一나도 아주 잘 지낸다.

네가 없어지니까
그 집이 아주
평화로워졌거든.

어머니 아버지도
아주 만족하신다.

아~ 그거라면
나도 똑같거든.

니 얼굴 안 보고 사니까,
이제 겨우 살만해.

마음이 통할 때도 있나.
별일이군.

그래,
그거 참 기분 드럽네.

…비가 많이 오는구나.
우산을 씌워주는 건
기대하기 어렵겠지?

별로, 걱정이 안 돼서.
피가 시퍼런 인간도
감기 같은 게 걸린대?

…그런 태도는 곤란하지.

후…

넌 나한테 지금,
절박한 용건이 있을 텐데?

!

다른 가능성은 생각할 수 없구나.
네가 날 찾아올 일 말야.

더군다나…
비가 오는 건
끔찍이
싫어하는 녀석이.

…싫은 건
한꺼번에 해 버리는 게
나아.

—비를 오래 맞기는 싫구나.
돌리지 말고 얘기해 봐라.

네가 자존심을 짓뭉개가며 하는 말일 테니,
들어볼 만 하겠지.

쿠-

너 같은 놈은…

너 같은 놈,
나도 안 보고 살면 좋겠는데…

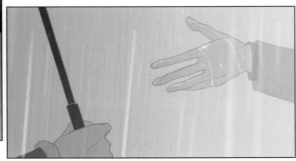

—내 조교야.
네가 내 동생인 걸 안다.

그렇게
이를 드러내지 마라.

여긴 내 일터고,
난 교수야.

위신 떨어지게 하지 마.

자— 평범하게,
사이좋은 형제로 보이자꾸나.

…네가 날 찾아와줘서 정말 기쁘다.

건강해보여서 다행이고.

내게 부탁을 해줘서 고맙구나.

"—넌 정말 구제불능이구나,
준아."

아— 고마워, 강조교.
하하. 우산 쓰긴 이미 좀 늦었나.

놀랐습니다.
우산도 놓고 뛰어가시다뇨.
교수님처럼 꼼꼼하신 분이.

동생분을
굉장히 좋아하시나 봐요.

하하.
너무 바보 같아 보였나.

—이젠 정말 깨달아줘야겠다.

완벽한 아들이 있거든.

달그락~

야,
다 됐냐?

무슨
버터 비비는데
시간이 그렇게 오래 걸려?

배고파 디지겠구만.

자!
또 갖고 들어가서 먹게?
밥 먹을 땐 쫌 밥만 먹지?

형님 바쁘다~

퀘완했는데
보상 안 줘?
현금 5만원.

지이라알~

팍~

뚝

와구···

네, 아버지.
준완입니다.

…어쩌다 여기까지
온 거지…
고작 학교숙제 하나
해결하는데.

"- 나도 누굴 한 번 믿어보고 싶거든.
도와주라, 네가. "

잘 한 거야…
괜찮아.
이건 자존심 상하는
일이 아냐.
자존심 지키는 일이야.
잘 한 거야…

잘 한 거야…

텁썩

연기 잘~ 하더라?

‥‥‥‥‥

너 같은 싸이코가
멀쩡한 대학에서 애들 가르쳐도 돼?

네가 날 걱정한단 게 우습구나.

—너한테 껌뻑 속을 학생들이 걱정되지.
난 교수란 사람들은 다 너 같은 줄 알았거든.

잘난척하느라 너처럼 말투도 괴상하고 그럴 줄 알았는데.

너만 그렇더라고, 대학 와서 보니까.

역시 넌 정상이 아냐. 옛날부터 느꼈지만.

…학교생활은 재미있나 보지?
꽤나 열심히 하는구나.

뭐, 그럭저럭.

네 페이스북 봤어.
재밌게 지내는 것 같더라.
너다워.

그런 건 다 쇼야.

뭐 괜찮아. 그렇게 보이는 게 목적이니까.

솔직히 놀랐다. 나한테까지 찾아오고.

이 과제가 그렇게나 중요한가?

뭐 혼자 하는 거 아니니까.

…그럼 이것도 다 쇼겠구나.

…나도
속이고 싶지 않은 사람
정돈 있어.

네가 내 인생을 걱정해주니 웃기네.
나름 잘 굴러가거든?

너만 없으면.

…제 발로 나타난 녀석이 할 말은
아니라고 생각되지 않니?

뻔뻔하게 굴지 마라.
난 널 도와주고 있는
입장이야.
당연히
공짜도 아니고.

그래.
평생 안 볼 줄 알았는데,
정말 싫다.

지난번 집에 갔을 때도
안 마주쳐서 다행이었…

—그 집에 갔었다고?

언제? 왜!
갈 필요 없다고 내가 말했잖아!

왜?
난 우리 집에 가면 안 돼?

네가 뭔데 가라마라야!!

!!

쏴
아
아…

…갖고 온 거나 빨리 줘.

차키부터 줘.
비 오니까, 바래다줄게.

너 뭐야?
아직 연기 안 끝났어?

내가 그래서 널 싫어하는 거야!
사람 미치게 만들지 마!!

이제
고등학생은
아니라더니.
더 애가
됐구나.

사춘기 어린앨 때나
받아줄만 한 거야. 적당히 해라.
보기 흉해.

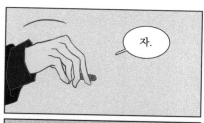

자.

헉

…앞으로.

!

부탁이 있으면
나한테 먼저 말 해.
필요한 게 있으면.

걱정 마.
피차 빚지는 건
싫을 테니,
너도 내 부탁
들어주면 돼.

이번에 도와준 일은,
어려운 것도 아니었고.

너도
내 부탁을…

울컥

—듣기 싫어!

이깟 일로
생색내지 마!

쉬운 일이라며?

너한텐 뭐든지 다 쉽잖아.

멈칫

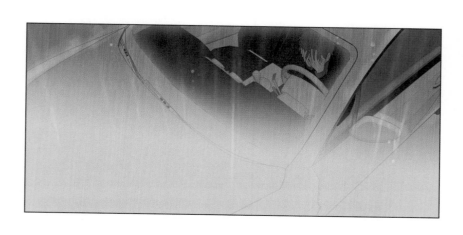

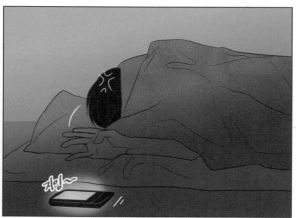

—야, 너 타이밍 더럽게 좋다? 일 나가기 전에 꿀잠자던 시간인데.

....

벌떡

늦은 건 네가 늦었고. 이 조원 1아.

…이렇게 늦게요?

…죄송해요, 기다리시게 해서.

핸드폰이 고장나는 바람에 새로 사 왔거든요.

아, 너무 뻔한 거짓말 같네. 말하고 보니까.

됐고, 바쁘니까~

....

...선배님도
웬만하면 스마트폰은 하나 사요.

그래야
메일확인 같은 것도
빨리 하지.
너무 느리다.

!!

...잠깐
기다려라.

휙

척!

......

...당근 당근?

답장　전체답장　전달　삭제

☆ 당근 당근
＋ 보낸사람　여준

채찍은 간신히 피했네요.
솔직히 무서웠는데.

그거 좀 못했다고
바로 채찍질할 생각 없었네요.

네가 너무
오버하는 건가 싶어서
걱정하긴 했다.

년, 내가 무슨 군대선임이냐,
직장 상사냐?

너 겨우 대학교 1학년이잖아.

좀 못해도 괜찮아.

…참 나.
한입으로 두 말 하시네.

언제는 열심히 하는 건 됐고
잘 하라면서요.

아, 거야 뭐…
경고차원으로 했던 말이지.

달칵

무책임하게 하면서,
결과만 좋으면
땡이시란 몰염치들이
부지기수잖아.

진짜 열심히 한 사람한테까지
그러겠냐.

성실한 놈인 거
이미 봤는데.

…………………
……………

어쨌든 너 힘들겠다.
어쩌다그렇게
까다롭게 걸렸냐~

잘 됐지 뭐.

그런 사람한테
인정받으면,
진짜 기분 좋잖아.

—아니야. 틀렸어.

기분이 아주 드러워.

울고 싶잖아.

―잘했다 한마디만을 좇아

달리고 달려온 삶.

하지만,
정말로 듣고 싶었던 말은 그런 게 아니었어.

"잘하지 못해도 괜찮다"고…

날 믿는다고…

…선배님이야말로…
쓸데없이 참 타이밍이 좋네요.

뭔 소리야?

암튼 덕 보네.
땡큐.

잘은 몰라도.
쉬운 일도
아니었던 것 같은데.

네. 정말
어려웠어요.

그냥…
그냥 학교 과제였단 것두
잊어버릴 만큼.

어떻게 보면 진짜
아무 것두 아닌 일인데.

…그냥 내 인생에서,
스쳐 지나고 말 일인데.

근데 나한테 이제…

·········
··············
············
끊을게요.

아— 왠지…
딱 울고 싶은 기분인데.

눈물이 안 나……

왜…

누구도 필요 없다는 듯이 행동하고,
사랑받는 일엔 관심이 없다고 말하고,

이놈은 왜
전화만 하면 이래?

—그런 주제에,

왜 내가 가장 듣고 싶었던 말을 하는 거야.

이 일이 끝나면 나 같은 건

까맣게 잊을 거면서.

준완이 왔니~?

우리 아들 이게 얼마만이야~!

온다는 말 듣고 엄마 기다렸는데 늦었니? 바빴니?

…준완아, 왜 대답이 없어. 아들?

어머, 너 술 마셨니?

준완아?

무슨 술을 그렇게 마셨어.
회식 있었니?
얘기 못 들었는데.

...속이 안 좋아요.
내일 마실게요.

안 돼.
마시고 자야
아침에 피로 풀리는 거야.

학과장님도 오셨니?
얘기 잘 했어? 엄마가 홍교수하고 통화 했어.
다음 달에 국제전시회 있는 거,
그거 기자재만 우리가 스폰하자.

네.

건성건성 하지 마.
우리나라에선
책상머리만
죽어라 파는 걸론 안 돼.
아무리 천재라도
더 크게 내는 사람
못 당하는 거야.

넌 아무
걱정하지 마.
다 갖고
있으니까.

...구역질나네요.

달칵

급하게 마신다 했다.
약도 천천히 마셔야 들어.

아뇨.
어머니가 하는
얘기들이요.

구역질난다고
제가 말씀드린 적이
없던가요?

제가 인내심이
좋긴 하군요.

....
…네가 많이 취했구나.

그래. 네가 힘들 때도 됐지.
준완이 네가 어떻게 생각할지,
엄마 알아.

부모 맘 몰라준다고 실망 안 해.
우리 아들이 아무리 잘났어도
아직도 이십댄데. 그치?

지금은 몰라줘도
괜찮아.

우리 아들 잘 되기만 하면
엄마 그걸로 만족해.

…그래.
우리 준완이…

꼬옥‥

이제 하나씩, 하나씩,
하면 돼.

우리아들이
최연소 정교수까지
할 수 있어.

몇 년 안 남았어.
엄마 벌써 너무 뿌듯해.

오랜만에 만나서 얼굴 구기지 말자.
우리 아들 잘생긴 얼굴 보고 싶어. 응?

밉살맞은 소리하는 거까지
지 아빠 똑 닮아선.

……준이도,
크면서 점점 두 분을 닮는 거 같더군요.

—그래서 저는 무서워요.
너무 무서워요.

이 집에도 한 명쯤은,
사람이 있어야 할 텐데.

……!
너 무슨 말을…!

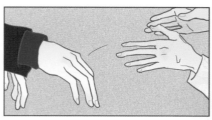

—어머니.

훅!

덥썩

제가 없을 때
준이를 집에 부르셨어요?

제게 약속하신 거랑
다른 것 같은데요.

—유난떨지 마.
내가 내 새끼 하루 불러서
밥 맥이는 것도 못하니?

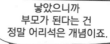

낳았으니까
부모가 된다는 건
정말 어리석은 개념이죠.

…! 아까부터
무슨 말버릇이니?
너 아버지 안 계시다고
엄마한테 함부로 하는 거야?

됐다, 유난떨지 마, 너…!
네가 자꾸 이래서
내가 걔 얘기하기가 싫어 얘!

쓸데없는 소리 말고
올라가서 쉬어라.

어머니…보세요.

전 이제 어머니의 눈을
똑바로 볼 수 있어요.

저는 당신이 원하는 대로
되어가요.

감개무량하신가요?

…당연한 걸 가지고 그러니?

휘

콱!!

—이젠 어머니가 눈을 돌리시네요?

그러면 안 되죠.

제가 이렇게나 노력했는데…
제 노력을 그렇게 우습게 여기시면 안 돼요.

그 당연한 것조차
저한텐 얼마나 어려운 일이었는지 모르시나요?

두려우세요?

!!

아직도 제가
불안하세요?

…………준완아,
너 술 마시면 안 되겠다.

그래서
스페어가 필요하신 거예요?

—그만 해!!
이상한 소리 좀 하지 마!!

걱정 마세요.

전 충분히 긴장하면서…

꼭꼭 숨어 있어요.

…네가 선택한
인생이야.

네.
저는 후회하지
않습니다.

하지만…
내 동생은 달라요.

평범한 사람일 뿐이에요.

준이가 귀여운 건 알겠지만,

더 이상 욕심내지 말아요.

그 애한테 문제가 있다면 우리같은 사람들이 가족이란 사실 뿐이니까.

....

섭섭해 하실 필욘 없습니다.

제가 아무리 바빠도, 무슨 일이 있어도…

두 분 장례식 정돈 꼭 가드릴게요.

…그 때까지는 꼭 제가
살아있을게요.

어차피 두 분이
없어지고 나면,
나도 없는 인생이니까…

그땐─

짜악─!!

네가 얼마나
예쁜 아이였는데…

흐흑…

날 좀 봐, 준완아!

좀 보란 말이야!!

……! 어머니,
제발 소리지르지 말아주세요.

귀가 아파요… 토할 것 같아요…

아주,

완벽한,

아들.

—이 정도면 뭐 다 됐고.
내일 발표준비만 하면 되겠네.

딱 이틀 남았네요. 벌써.

그런데 이거, 파일 자료정리까지
네가 다 한 거야?

네?

엄청 깔끔하게
잘 해놨던데.

그래? 놀랐다.
몇 갠 그대로
PPT에 붙여 써도 되겠어.
너더러 1학년이 어쩌구 했던 게
다 민망하네.
나보다 낫다.

....
...........네.

…그냥 운 좋아서
아버지 회사였던 게
다죠 뭐.

그래도 아버지가
너 기특해하시겠다.

....

탁

...학교생활은
재미있나 보지?
꽤나 열심히 하는구나.

....

내가 남의 덕 보는 일이
다 있구나.

학교생활
오래 하고 볼 일이다.

일이 잘 풀려서
다행이죠 뭐
저도 명예 회복은
했네요.

선배님 끌어들여다
잘못한 게 있다 보니까
되게 찜찜했는데.

너 그거 생각할수록
되게 웃기는 거 아냐.
'자꾸 나쁜 짓 하면 수현선배님이
이놈~ 하고 잡아가요~'
...내가 무슨 망태할아범이야?

...그게 뭐죠?

??

세대 차이 나네. 몰라도 돼.
그럼 세스코라고 해줄까?
집안에 든 해충 박멸. 뭐 그런 건가 내가.

하하.
그럴싸한 것
같기도 하고...

뭐, 그렇지.
난 악역은 익숙하거든.

뭘 또 다 끝난 일에 기죽고 그래.
비꼬는 것처럼 들렸나?

사과는
더 못하게 하시니까
무슨 말을 해야 될지
모르겠어요…

침묵…

네가 황당한 짓을 많이 하긴 했지.
실컷 사과해라. 남은 부채감은 청산하도록.

삐악…

으으…그간 실례가 많았습니다.
죄송함다. 죄송해요.

괜찮아.

그렇게 자존심 굽히고
금방 사과할 줄 아는 놈도
흔하지 않거든.
넌 그런 점에서 맘에 들었어.

휴

다행이네요!

하지만
사과하는 일이 너무 잦으면
아무리 미안하다고 말해도 효력을 잃는 거야.

ㅇㅇㅇㅇ…

괜찮아.

적어도
똑같은 실수를
반복하는 것만
아니면 되잖아.

다행이네요!

휴-

하지만

또 어디서 어떻게
새로운 사고를 칠지
모른다는 점에서…

그만해!!

사람을
들었다 놨다
↓↓↓

…진즉에 말씀드렸어야 했던 문제죠 뭐. 계속 얘기하겠다곤 했는데 자꾸 엇나갔었어요.

하…

선배님 만나면 자꾸 과제부터 하다 보니…

아~ 생각해보니까 그랬네.

예전에 "선배님 할 말 있어요"가 그 문제였어?

너무 진지해서 나한테 고백이라도 하는 줄 알았잖아.

흣

—
받아 주시나요?

………

그윽…

하하. 그런 농담도
할 줄 아셨네요.

웃지 마.
무슨 신입생이
이렇게 구렁이 같아?
무섭다.

너 끼 있어 보이는데,
진로를
그 쪽으로 해도
되겠어.

아, 저도
관심 없지 않아요.
확실히 저는
예능계 체질이죠.
관심받는 거 좋아하고♡

그래 보여서 의외네.
어쩌다 심심하게
경영을 골라서
온 거야.

·········

여기 온 애들은 대부분
취직 생각해서 평범하게 온 게 다수니까.

너무 편견인가?
어쨌든 나도 그 중 한 사람이고.
별 다른 재주가 있어야 말이지.

···늘어놓다보니 진짜 지루한 얘기네.

어쩌다 이렇게
재미없는 인간이 돼버린 걸까, 난.

나도 한 때 꿈과 희망과 인기란 게 있었던 것도 같은데.
아주 희미하지만...

진짜요? 어쩌다 이렇게 추락하셨어요.

저도 처음부터 나쁜놈은 아니었어요.

루시퍼?

...아무튼 그런 의미에서 말이다.
이번에 네가 열심히 뛴 덕에, 내가 덕도 보고 고맙긴 한데.

네가 전화로 그랬잖아.

이게 너무 중요한 일이 돼버려서 어쩌구.

생각났음

...네.

으

벌써부터 겁먹고, 일 하나에다 에너지 낭비하고 그러지 마라. 뭐 하는 짓이냐?

선배님이 자꾸 그런 말씀 하시니까 이상하네요.

본인은 뭐든지 빡세게 하시면서.

그래. 그래서
내 꼴이 보기 좋디?

젊어서 사서 고생하란 말이 젤 지랄 맞은 거야.
누가 고생을 사서 해? 고생 팔아다 먹고 살기도 빡시구만.
고생을 시킬 거면 돈으로 줘야지. 씨벌.

하하…
그것도 그러네요.

…아. 화 난 거 아니니까 괜히 또 쫄지 마라.
너무 꼰대같이 굴었나.

아뇨.
전 선배님 이제 하나도
안 무서워요.

뭐, 가끔가다 귀여운 구석도 있고…

골려먹고 싶어라

?

너 왜 자꾸 따라와.
동거인으로 사기 치는 거
계약서라도 써야 돼?

설마요. 저도
집에 가는 거예요.
오늘 더 이상
수업 없어서.

야, 1학년이 무슨 수업 끝났다고 집에 가?
(과거를 생각 못하는 발언)

넌 그냥 학교에서
친구들이랑 해 질 때까지 뛰어 놀아.

제가 초딩이에요?
그렇게 놀 일이 뭐가 있다고.

그러니까 넌
예체능을 갔어야 될 팔자라니까.
네 끼 받아주는 사람 없어서
심심해서 학교는 어떻게 다니냐?

선배님이랑
놀고 있잖아요.

내가 너랑 노냐?

지금은 놀고 있는데요.

....

놀면 좋~겠다. 요즘은 만날 이 시간쯤 돼서 가네.
원랜 수업 끝나자마자 칼퇴였는데.

아, 말하다 보니
내가 아싸는 아싸구만. 체

바쁘게 사시니
어쩔 수 없죠.
늦게 가니까
더 피곤하진 않으세요?

피곤하지. 원랜 집에서 좀
자다가 나가야 되는데,
일터로 직행해야 되니까.

…너 때문에 내가
재미없는 놈이란 걸 계속 깨닫는다.
은근히 열 받네.

하하하…

불쌍하면
내일 밥이나 맛있는 거 좀 주라.
내일은 신세 좀 질게.

같이 발표 준비 해야지.

―네?
저도 발표
같이 하는 거예요?

정말요? 저 진짜 하고 싶어요!
저 마침 발표와 토의도 듣고 있는데!!!

그래.

거기서 칭찬두 받았는데!!

…잘 할 거 같으니까
시키는 거잖아.

그래 그래.

제스쳐도 활용 잘 하고 그런다고요!!
외우는 것도 자신 있는데!!

인재 B동

어? 빨간머리!
오랜만이다 너?

!

왜 요즘
기숙사
안 들어오니?

과, 과제작하느라
바빠요.

그래? 지금은
들어가려던 거 아냐?

들어가.
소빈이 혼자 있어.

아, 아니에요.

휙-

들어가.

딸!

아, 됐어요.
나중에 들어간다구요!

냅둬요 진짜.

…너,
우리 방 애들하고
사이 안 좋아서 그러지?

…………!

그렇다고 아예 안 들어오는 게 말이 되니?
기숙사를~

…얘 또 우는 거 아냐~?

…언니는…

왜, 왜 그렇게 사람이
공격적이에요?

어떻게 무슨 말을
그렇게,
앞 뒤 안 가리고
막 하고…!

못 쳐다봄

99

애 봐라~
너 신경
써주는 거 아냐!
걱정 돼서.

솔직하든지
소심하든지
하나만 해.
바보같이.

그럼 쫌
신경 좀 쓰지 마요!

신경 쓰게 해!!

룸메잖아!

야~ 청승 떤다고 안 청순해~
우는 거도 따뜻한 데 가서 하자? 응?

…쪽팔려서
어떻게 들어가라구…

들어가. 자꾸 피하기만 하면
사이 정말 나빠진다!

자, 가자!

잠깐만요, 잠깐만! 잠깐만!
싫다구요! 싫다니까!
내가 알아서 들어간다구요!

캬아아악

시러
시러
시러

아~
더럽게
고집 쎄네!

웃샤

훽

??? 악?

꺄악!

소빈이가 위로 좀 해줘라.
언니는 다시 나간다~
안녕~

째깍

째깍

째깍‥

....

야~나 중간고사 망한 거 같애~
아까 김교수님이~~↓↓↓

야 우리 이번에
축제 누구오냐?

....

아 저녁 뭐 먹냐
배고프다~

괜찮니?

…배고파.

홍찬기 하드웨어에 크래쉬가 발생한 것 같다…

머리회전모듈이 한계치에 임박하고 있다.

식도의 직렬화 메소드를 통해 간장+치킨객체를 스토막에 동적 할당하고싶다!

공복 부하가 커서 식사 인터페이스 없이는 더 이상 과제 운용이 불가능한 상태다!!

ERROR!!
치명적인 공복이 발생하였습니다.
실행 중인 과제 수행 프로그램이 종료됩니다.

푸쉬이~~!!

펑~

010101000101010101
01000011010101000
10101010001101 0110
010100100001110…

…….

고기 냄새!!!

......

어색

하하~
혼자 잘까봐 걱정했는데.
다행이다.

…영란언니도 아침에 오고,
지영이도 나갔거든.

지영인 오늘 남자친구 만나르…흡!

!!!!

차인 사람

어으으으…
이게 아닌데…

…미안해…

!

K양 (피의자)

아니 그게요…전 그냥…
걔가 누군지도 잘 몰랐구요…

왕따 문제, 성적 비관으로 인한 자살 등등.
이와 같은 우리 사회의 어두운 단면이,
어린 학생들뿐만 아니라
대학 캠퍼스조차 피해가지 못하는 것을 보여주며,
우리에게 큰 충격을 안겨주고 있습니다.

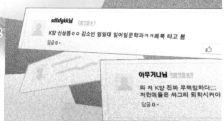

sdfsfgkkjsl

K항 신상폭○○ 김소빈 명일대 일어일문학과ㅋㅋ페북 타고 봄
답글 0 ~

아무거나님

와 저 K양 진짜 무책임하다;;;
저런애들은 싸그리 퇴학시켜야
답글 0 ~

넌 퇴학이야!!!
감히 학교의 명예를!

뻥!

으아아아 안돼!!
졸업이 코앞인데!!

왜 그랬어~?

으허어비

조금만 위로해주지
그랬어~

미안해
미안해애애!!!!!!

꼬아악

내가 널 믿고 맡겼는데!!
반성이 끝날 때까지
술을 먹어야겠다!!!

칼칼

크아아악

안주는 없다
남기면
지옥에서 마신다

멘붕

쿵
쿵

…………

그딴 놈은
잊어버려어어엇
~~!!!!!!!!!!!!!!!

!

괜찮아!!! 훨~~~~씬 좋은 남자 만날 꺼야!!!
키 크고 잘생겼고!! 원빈!! 강동원같은 사람!!!
매너도 완전 좋고!! 직장도 완전 안정적이고!! 연봉백억!!!
유머감각 끝내주고!!!!

…………

…………풋.

푸하하,
아하하하, 하하하하하!!

흐흐흐…

…난, 그런 사람까진 필요 없어.
너무 엄청나다.

그…그래?
그럼 어떤 사람이 좋은데?

잘은 모르지만
성공한 듯?

현실의 남자는 필요 없어.

………

이제부턴 정말
진기뿐이야.

………
진짜 이상형이던 사람도,

있긴 했었는데…

첫사랑이었어.

아이고오 얼마 만에 먹는 고긴지 모르겠다~ 으앙~맛있어~!

불러주셔서 고맙습니다 형님~헤헤. 같이 숙제하는 것도 아닌데.

왜 나한테 고맙대요. 제 집도 아니고. 제가 산 것도 아닌데요.

그러게요. 이웃집 잘 둔 덕에 오랜만에 위장이 호강하네. 멀쩡한 자취방에서 아사로 발견될 뻔했는데!

나불 나불

....

그런데 생각해보니까 그렇게 죽으면 안되겠는 거야! 그렇게 죽으면 경찰이 내 방을 샅샅이 뒤져볼 거 아니에요! 컴퓨터랑 외장하드까지 싹 다....

떠들 떠들

....

여준은 두 사람의 관계가 창과 방패 같다고 느꼈다.

신화력 甲

으음

성벽 甲

하하. 이 형이 원래 좀 발랄해요. 신경쓰지 말고 많이 드세요 선배님.

재밌음

나 정도면 발랄보다는 지랄이지.

....

태엿

...알기는 해요? 자랑스러워 하지 마.

…이야기하는 건 좋은데,
꼭 지금 해야 되는 거 아니면,
조금만 조용히 합시다.
남의 집에서 식사 중이잖아요.

뚱——…

아. 미안해요.
단백질이 들어가니까 기분이 좋아져서.
ㅋㅋㅋ

쾌활

!!

겅

고개만

찬기형!
편식하지 마요!

? 이게 왜
편식이야?

고기만 먹고
있잖아요!
쌈도 싸먹어요!

이크‼
큰일이다‼

115

왜 채소만
먹는 사람은
채식주의라고
불러주는데,
왜 고기만 먹는 건
편식이야?

이건 차별이야!

흥!

고기 싫어하는 사람은
베지테리언!
채소 싫어하는 사람은
풀 시러이언라고
불러줘~~~!!

응! 그게
무슨 말이에요.

아, 진짜…
이상한 궤변이나
늘어놓고…

그죠, 그죠 형님?
안 그래요 형님?
먹고 싶은 것도
다 못 먹고 죽는데
맛 없는 걸 왜 먹어요.
헤헤헤.

………

한   심

척 척

질뚝~

못마땅

자. 아~

아. 감사~

맛있다. 다행이당.

역시 병아리. 아기새처럼 받아먹네. 아이구 아이구.

왕 무안

.........!

아...

이제 너 먹어. 내가 구울게. 난 다 먹었잖아.

어, 저기…

…제가 구울게요. 제가 하겠습니다.

뭐 그러세요.

먹어.

척 척

열심

열심

아, 저 그건 더 익혀야 할 것 같은데요…

아…그래. 미안하다.
고기 굽는 게
익숙하질 않아서…

—아, 맞다!
나 과제 마감
8시까진데!

얼른 해야겠다!
나 먼저 갈게!
잘 먹었다 여동생!

안녕히
가세요.

!!아~~!!! 참!
디저트!!!
깜빡할 뻔했네

휙!

뭐야,
그렇게 먹고도
부족해요?

어이없음

디저트.

휙

휙

아,
또 이짓거릴…

그럼
수고들 해~
ㅋㅋ~

버려버려요 그거!
종이밖에 없는 쓰레기예요.

주섬주섬

껌 있는데?

………

…그래도
착한 친구 같네.

뭐 그렇기야 하죠.

아마 식탁 치우는 거 거들기 싫어서
일찍 튄 것 같지만.

………….

Ah…

—덕분에
포식했다.
잘 먹었어.

난 항상 배가 고파야 되는 게
불만이었는데,
지금은 배가 불러야만 한단 게
불만이다.

하하…
또 배고플 때
먹으면 되죠.

이제
마지막이잖아.
여기서
이런 밥 먹는 건.

박민지

!!

…잠시만요.
전화 좀…

!!

…여보세요.

저기…

나 너랑 같이 팀원인
박민진데…

…………

아~ 준아, 있잖아.

…네? 뭐라구요?

아무거나 좋으니까…? 응? 나 할 거 없어?

뻔뻔한 것도 정도가 있지!

선배. 우리 발표 당장 내일인데요.

점수 챙기고 싶으셨으면 같이 하셨어야죠. 지금은 너무 늦었어요.

………………

이제 와서 누가 책임져줄 일은 아닌 거 같아요.

탓하지 마세요. 점수 어떻게 받으셔도.

…………

…

넌, 정정기간 때 들어와서 혹시 모르나?

네?

지금 발표하는 거, 점수 반영 얼마 되지도 않는데? 발표 5점이었나~?

암튼 최하점 받는다고 과목 0점 되는 거 아니거든?

출결이랑 기말 시험이 훨~씬 중요하단 얘기야.

근데도 수현오빠 유난스럽게 그러니까~ 우리 다 힘들었던 거잖아.

너한테 말 안해줬니?

………

…그거야 뭐…ㅣ

뭘 배짱으로 전화합니까?

!!

아…수현이 오빠…;;;;;

발표가 내일인데,
아직도 뭐가 남았겠어요?
다 끝났지.

내가 그쪽처럼
게으른 줄 압니까?

뭘 한 게 있어야
이름 넣어 줄 거 아니에요.
최소한의
염치란 게 있으시다면.

―우리 알아서 할 거니까,
그만 끊어…

오빠,
잠깐만요!

저기, 그래도…
팀에 금전적 지원이라도 하는 사람 있잖아요~

제가 오빠랑 준이 밥 살게요~;;
벌금 같은 것도 내고…
그럼 되죠?

HoHoHo

어이고.
돈 많으신가 봐요~
아예 교수님한테
사신다 그러지 그래요.
제가 뭐라고.

선배님,
또 싸우지 말고
그냥 끊어요.

…하,
오빠 진짜…

—오빠 진짜
끊을게요.

…뚝

뚝!

Piii

—선배님, 제가
말하려고 했는데…

이러면 또 선배님만
싫은 소리 듣잖아요.

싫은 소리 네가 듣게?
걔네 다 너보다 선배들인데
네가 어떻게 제대로 말해.

아니, 왜 맨날
선배님이 무조건
다 총대 메고 그래요.

그러는 게
속 편하다니까ㅡ.

욕먹는 게
편한 사람이 어딨어요!

그럼 더더욱 한 명만 먹는 게 낫지.
너까지 뭐 하러.

...
제가 싫어서 그래요...
선배님 욕먹는 거.

....

...
아 뭐.
나 너랑 같이
사는 걸로 돼 있지.

같이 망할까봐
걱정되냐?

걱정 마.
그렇다고 누가
너까지 욕하겠어?

...꼭 그런 건 아닌데.

아···

...난 방금 같은 인간이
더 한심하더라.

ㅡ한정호란 놈은,
점수 필요 없으니
남수현하곤 안 하겠다,
최소한 자기 선택은
있다는 거고.

다른 놈들은,
트러블 감당하기도 싫고
점수 못 받는 것도
싫단 거야.

너도 그런 인간은
되지 마라.

...선배님.
우리 지금 하는 과제요,
점수반영 엄청 적단 거
알고 계셨어요?

당연하지.

전 몰랐어요.

…그거 안다고 달라질 게 있어?

솔직히 분하잖아요.

이거 빠진 사람들, 제대로 타격 입을 줄 알았는데.

…변하는 거 없어.

신경 끄고 우리 하던 것만 마무리하면 돼.

…네.

………

—아, 여기 결론에서는…

또…

아… 졸았네. 미안. 뭐랬지?

…이제 잘 때 됐다고 말하고 있었어요.

전 좀 더 보다가 잘게요.
완전히 외워야 되니까.

선배님
먼저 주무세요.

괜찮은데…

뭐가 괜찮아요,
그리고 내일
발표 어떻게 하시게요.

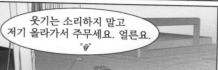

웃기는 소리하지 말고
저기 올라가서 주무세요. 얼른요.

…다리가 불편한데.
아동용 아냐?

……………
그냥 브드게서
즈므세여.

젠장

02:45

—그만 일어나.

…몇 시예여?

……….

미안. 머리 감느라 멋대로 욕실 좀 썼어. 자는 거 깨우기 좀 그래서.

어제 늦게까지 보는 거 같던만.

너 뺨에 종이 붙었다.

슬슬 준비해. 8시.

!! 으아악? 한 시간 밖에 안 남았잖아!!

왜, 아직 발표대본 못 외웠어?

아~~진짜 엄청 신경 쓰고 나갈라 그랬는데~ 한 시간 갖곤 촉박하자나~

이 중요한 날에~

……

흥

칫

찌릿

一자, 그럼
이제 한 조 남았지?

잠깐 쉬는 시간 갖고,
마지막 조 이어서 할게요.

발표자는 나와서
발표 준비 하시고.

…긴장되면 화장실이라도 갔다 와.
어차피 앞부분 내가 먼저 할거고.

음… 저, 선배님.

응?

하이파이브라도 한 번?

헤헤

…………

흠…

…발표 잘 끝내고 오면
해주지.

아뇨.
그쪽한테
아무것도 안 맡길 거니까.

....
잠을 며칠째
제대로 못 자서
그런가…

아까부터 왜 이렇게
속이 아프지.

물끄러미…

…마지막까지
열심히 보네.
짜식.

속

뿡

알럼미

헤헤
헤어스타일
반응 되게 좋다
헤헤헤헤

까르륵

....
....
....
긴장은
나만 하는 걸로…

—저기,
나 정신
똑바로 차리게
세수 한 번
하고 올게.

저기 서서
PT 확인 한 번 해.

앗. 맞아요.
선배님 또 발표하는데
졸고 그러지 마세요~

정신 똑바로 차리셔야 돼요!

ㄴ.........
네.

어이구, 병아리,
너도 발표 한 번 하는 거야?

헤헤. 네.
벌써
너무 재밌어요.

...아, 참 교수님.
제가 정정기간에 들어와서
확인이 좀 늦었는데요,

정확히 우리 수업
점수 배치가 어떻게 되는지
다시 여쭤 봐도 되나요?

출결이 10. 중간고사 20.
기말 50.
나머지 20이 지금
늬들 하는 팀프로젝트다.

발표 5점,
개별 리포트가
15점 되시겠으니까~
발표 끝났다고 놀지 말고,
리포트 훌륭하게~
써 오시면 됩니다.

아으...네.
감사합니다.

....

흘끔

수현선배는
저것들을
어떻게 하겠단
생각인 거지?

흐음…

촤아아아—

……………

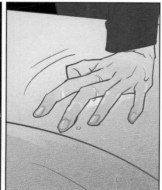

응성...

응성...

이제 발표 준비 해라~
1분 남았다.

!!

어?어어… 수현선배님…
아직 안 오셨는데.

교수님, 잠시만요!
잠시만!

후다닥!!!

으악!

뭐야, 왜 나와. 쉬는 시간 끝이야.

아, 선배님… 늦으시는 줄 알고…

가서 앉아.

네네. 화이팅이에요!

10조 발표 시작하겠습니다.

지켜보고
있다

~이상으로,
10조 발표를
마치겠습니다.

휴.
무사히 끝냈당.

…음.
수고들 하셨습니다.

어우,
이 조 아주
훌륭했어요.

─그런데…
어디보자.

10조 : 남수현, 여준

…10조 참여자가 남수현, 여준.
둘밖에 안 적혀있네?

여기 앞에
나온 두명이 답니까?

원래 다섯 명 아니야?
세 명은 참여를 안 한 거야 뭐야?

얘네들 오늘 수업은 왔어?

손들어 봐요. 솔직하게.

…………

아이고 이 자식들은 그냥.
그래도 출석들은 했네.

너희들은,
여기 이름도 안 적혔는데.
이거에 대해서 할 말 있나?

아니면 그냥 날리기로 한 거야?

…참여 의사를 밝혔는데,
받아들여지지 않았습니다.

저, 그게요
교수님…
저는 조사에
참여 했었거든요?

조장님이
취합하시는 과정에서
…그…
아무래도 제가
권한이 없다 보니까.
어…음…그게…

………

시끄러!
시킨다고 진짜 말을 하냐 느들은.

조장 생각은 어때.
팀의 단합이 중요하다는
생각은 안 했나?

했습니다.

…조원들을
다독이는 것도
조장의 몫입니다.

안 그러면
개인과제를 내 주지
팀 과제를 왜 내줍니까.

잘못된 거
알고 있죠?

…예.

아.
이걸 어떻게 할까…
발표는 참 완벽했는데
아깝네요.

…………!

헹~ 꼬시다.

―그러면…

확인을 좀 해볼까?

1학년 학생?

앗, 네!

학생이 보기엔, 저기 조사해온 강점들 중에, 뽀빠이스웨트가 경쟁상품들 가운데 시장 1위가 될 수 있었던…

가장 큰 이유가 뭐라고 생각합니까?

술렁…

헐…

아…

1학년한테…

…교수님이
하신 질문에
그 답이 있다고
생각합니다.

시장 1위라고 하셨는데…
엄밀히 말하면
이 제품이
부동의 1위인 것은
아닙니다.

앞서 발표엔
들어가지 않았지만,
저희가 광범위하게
조사한 내용을 봤을 때
뽀빠이스웨트는 주로
2009년과 2011년을 포함,

몇 번이나 신상품에 밀려
매출의 하락세를 보였습니다.

하지만, 아까 교수님께서 말씀하신 것처럼
소비자인 우리가,
그런 실 판매량하곤 무관하게
떠올리고 있지 않습니까.

이 상품이
1위 상품이란 이미지로요.

상품에 있어 포장이라는 건
중요하지 않습니까?
산업디자인적 측면에서의 포장도
중요한 포장이지만,

고객들이 이 상품의 이미지를
어떻게 떠올리고 있는가 하는 '마케팅'이,
보다 중요한 포장이 되지 않을까요?

결국 성공을
판단하는 데 있어선…

사람들이 그것을
어떻게 바라보도록
만들 것인가… 하는
이미지라는 것이,

본질보다 유효하게
작용하는 것 같다고.

…그렇게
생각합니다.

………

흠… 어째 좀 말장난 같기도 한데?
1위라고 생각되니 1위다라…

하하. 네.
교수님께서
'어떻게 생각하는지'를
물어 주셔서,

한 번 제 생각을
말해 봤습니다.
하하하.

흐ㅇㅇㅇ음……

—아주 잘 들었습니다!! 잘 했어요.

………!!

우리 수업이 또 마케팅 원론 수업이니,

제법 의미 있게 들리는 대답이었어요.

아주 일학년 학생이 맹랑하게 말을 잘 하네요.

발표 자세도 바르고.

아! 그건!

저희 조장님께서 지도를 잘 해주셨습니다!

저는 처음이라 발표 하~나도 할 줄 몰랐거든요.

선배님 도움을 굉~장~히 많이 받았습니다. 하하하.

거짓말…

그래요… 알겠습니다.

…1학년 학생을 이 정도까지 이끌어낸 리더십을 보면.

문제되는 태도를 보인 건 어느 쪽이었을지 금방 알 수가 있군요.

10조는 더 이상 피드백 없습니다. 두 명인데도 완벽하게 잘 해왔어요.

!!

—아주 제법인 조합이야,

곰팽이랑 병아리가.

....

잘 했어.
고마워.

응?
선배님, 왜 그래요?

…어…아냐.

…?

....

침

울000

…괜찮아! 열심히 하면 돼!
아직 기회 많이 남았잖아.

발표에다가 힘 다 쏟아봤자야!
시험 잘 보자!

! 아…
그, 그렇지?

기말시험이
있었지?

화一악

그래! 못해도 삐뿔은 돼!
잘하면 에이도 받을 수 있고!

그래. 힘내라.
누구 잔소리도 안 들어도 되고
뭐가 문제냐?

....

유와아아~

못마땅

—그럼, 앞조들은 나한테 피드백 받은 걸로, 최종본을 다음 주까지 제출하세요.

…선배님, 진짜 저 사람들 발표 제하는 걸로 끝난 건가요? 꼭 뭐 하실 것처럼 그러셨잖아요.

…난 아무 것도 안 했어.

…………

아…하긴 뭐. 우리 발표 무사히 한 걸로도 다행이니까요. 하하.

대실망

칫, 뭐야, 김빠지게!

자. 하나 마무리 됐으니. 이제 기말 시험 얘기 해야지.

첫날에 팀장들한텐 공지를 미리 해놨는데…

—나온 김에 곰팡이, 네가 다시 공지해봐. 대표로.

예.

……?

발표 기간 동안
다들 수고하셨구요.

조별 자료는 교수님께 다음 주까지 제출하시고,
버리지 마시고 잘 갖고 계세요.

이번 기말 시험은―

지금까지 발표한 내용에서
출제된다고 합니다.

아…그렇구나.
'아무 것도
안 했다'는 게…

숙덕~

숙덕~

나한테도
말 안 해줬어;;

음. 뭐, 출제 빈도는~ 아무래도 내용이 제일
훌륭한 조에서부터
문제가 많이 나가겠지요?

!!!

…어째
이쪽을 보는
시선들이
달라지는 듯한…;;;

10조   10조   1조

금시초문이란 얼굴로
앉아 있는 사람들도 보이는데…

자, 이젠 어떻게 돌아가는 수업인지
다들 이해가 되셨죠 들?

—남의 조 발표라고 열심히 안 들은 분들,

아
그건 좀…

어
나두 나두

민희야!
노트 필기 좀
보여주라;;

발표과제 건성으로 하고
자기 조 조사 내용 이해도 못한 분들은,
공부하기가 힘이 많이 들 겁니다.

야,
우리 조
조사한 거
자료 어쨌냐?

야
죠때따ㅇㅇㅇ

반면에, 지금까지 제대로 한 학생이라면.

시험공부도 이미, 거의 끝나 있으리라 생각합니다.

나이스~!!

야이씨, 나 같은 교수가 어딨어?

껄껄껄

교수님! 불공평합니다! 저희는 전해들은 바가 없었습니다!

팀장이 전하지 않았습니다! 시험에 나올 거 알았으면 당연히…!!

—그게 참여하지 않은 이유입니까?

고등학교 졸업했으면,
여기서 하는 공부는

동기들끼리, 선후배들끼리
서로 가르치고 배우는 게
맞는 겁니다.

그래서 여러분들이 징글징글해하는
조별과제를 자꾸 하는 거야.

내 공부만 신경쓰지 말고
남의 공부도 존중을 하세요.

나는 그렇게 하는 학생이
내 수업에서
좋은 점수를 받아가길 원합니다.

각자
나눠서 공부한 게
시험에 나오는 거
알았으면
자료 공유도
서로서로 잘 하시고.

그것도
내가 해놓은 게 있어야
엿을 바꿔먹든
자료를 바꿔보든
쉬워지는 겁니다.

자. 수고들 많으셨습니다.

오늘 수업은, 여기서 마치겠습니다.

효율 그렇게 따지면서, 학교 2년 다니는 동안 전공 교수님 방식도 파악 못해요?

난 전공에 관심 없는 줄 알았지.

아니면 그냥 워낙들 집 잘~살아서 5학년까지 다닐 계획이라도 있으신 줄 알았죠.

아이고~ 이거 미안하게 됐네. 내가 말을 안 해서.

아 진짜~!! 남수현아!!! 쫌!

……

나 빼곤 다 너보다 동생들이잖아! 좀 생각하면서 살자! 아까 교수님 말씀 못 들었나?

얼라~~／？ 왜 갑자기 뺨이 아프지~／／??☆

!!

…내가 최근에 누구한테 얼굴을 좀 맞아서.

아이고~ 너무 아파서 말을 못하겠네. 그래서 말을 못했나보다.

버 끔 …

그때 맞은 데가 오른쪽이었나, 왼쪽이었나?

아이고~ 아파라~

오빠! 빨리 사과 해! 수현오빠한테 사과 해!

……

근데 그 대신에…

수현 선배님한텐
말하지 않으시는 게 좋겠어요.

소곤

아시겠죠?

큭ㅋ

꺄악─!!

…?

뭐야?

—헐 수현오빠!!
갑자기 왜 이래요!!

야, 뭐야! 남수현!
오버하지 마!

?!

무슨 일이에요?!

야, 난 아무 짓도 안 했어!
내가 그런 거 아니야!

119 볼러야되는 거 아니야?
장난 아닌 거같은데?

남수현 선배님…!

선배님!

남수현! 수현아!

남수현! 괜찮아?
남수현…!!

수현아!

이것 봐.

쓰면 안 되는 거야 멍청아!

빠악!

자. 괜찮아.

숙

우와~ 헤헤헤헤

수현이도 써 볼 테냐?

도리 도리

지난번에 아빠가 그랬잖아요.

또박

공무원 아닌 사람이 복장을 하는 것은, 공무원 사칭 죄에 해당하는 나쁜 일이므로…

또박

……………

그래서 싫으냐?

…네.

정말?

……

!

거짓말 하지 마라.
수현아.

너를 속이는 게
더 나쁜 일이야.

알았지?

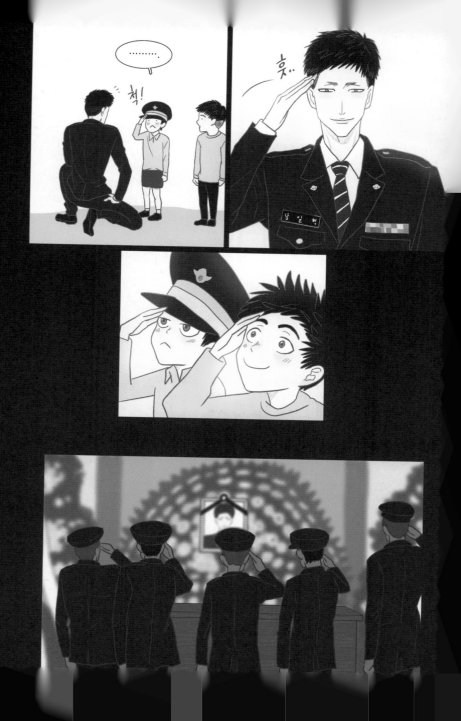

아버지는 영웅이었다.

가족은 지키지 못하는 영웅.

말하자면 그랬다.

…생명수당이 겨우
4만원인가 그렇다며?

쯔쯔… 병원비 쌓인 것도 그거…
산재 처리 안 되는 거는
그게 다 빚인데…

그래도 순직했다고
특진은 됐잖아요.

아이고? 진짜로?
그건 또 무슨 지랄이래.

아버지가 주려던 것은 청렴이었고

이제 와서 뭐해.
살아서는 남들 다~ 올라가는 자리 한 번
못 앉아서 그래…
수현이네 속을 그렇게 쌔이더니…
에이그 쯔쯔쯔…

내가 받은 것은 가난이었다.

삼촌, 고모. 할머니…

그럼 저는 언제 울어요?

아…그럼
입원할 필요는 없는 거죠?

네. 링거 맞다가
가시면 돼요.

혹시 친지가 아니면,
병원비를
대신 지불할 수가 없나요?

환자분이랑 어떻게 되시는데요?

…친구요!

친구예요.

나는
아버지처럼 되고 싶지 않았다.

그리고 그보다 더
아버질 존경 못하는 후레자식은 되고 싶지 않았다.

아버지를 존경해야만 한다.

가족을 원망해선 안 된다.

—지금 없어.
과외비 10일에 들어오니까
조금만 기다려요!

왜…아…엄마 왜 또…
울지 마! 뭐 큰 일 났다고 울어?

알았어. 알았어.

쿨쩍!

아냐.
여기 좀 추워서 그래.
아 엄마 걱정이나 해!

쿨쩍!
쿨쩍

누구 때문에 등 떠밀려 살고 있을 만큼
난 멍청한 인간도 아니고,

어떡하긴 뭘 어떡해.
아 내가 알아서 한다니까.
끊어요. 나 일해.

누굴 위해서라는 건실한 이유를 댈 수 있을 만큼
내가 이타적인 인간이라고도 생각되지 않는다.

내가 내 발로,
선택한 길인 거다.

하·········.

난 더 이상 애가 아니니까.

누굴 탓해서도…

누구의 도움도 바라서는 안 돼.

어 선배님,
깨셨어요?

………

아픈 거
위경련이래요.

—아무래도 그때,
갑자기 고기 같은 걸 과식하는 바람에
더 그랬을… 수도…

내가 괜히…

…잘 먹인 게
잘못은 아니잖아.

히잉…

…참 나. 지금이
보릿고개 시절도 아닌데 쪽팔리게…

그래도 스트레스
때문인 게
클 거예요.

위염 증상도
계속 있었을 거라는데…
그 동안 어떻게 참으셨어요?

무슨 사람이
그렇게 미련해요?
자기 몸
망가지는 것도
모르고.

…내가
뭐 별 수 있나.

……………

…선배님.
생각해봤는데요.

?

거짓말하는 거,
싫다고 그러셨죠.

"거짓말 하지 마라. 수현아"

—선배님이 진짜로
우리 집에서 살면,

그럼
거짓말 아니게 되잖아요.

그러니까—…

같이 살아요, 나랑.

…교수님.

8개 국어 정돈 알고 있는데. 어느 나라 말로 풀어줘?

혹시 '쉰다' 라는 말이나 '논다' 라는 말. 알고 계세요?

알면 좀 실천하시죠.

마침 쉬면서 놀고 있는 중이야.

…일도 없는 날에 출근해서 논문만 줄창 읽고 계신 게요?

응. 휴식이 돼.

책은 나에게 사교성을 요구하지 않거든.

강조교는 벌써 나한테 이상한 질문이나 하고 있지만.

……….

나한테는… 잠은 투쟁이고.

배고플 때가 아니면 음식을 먹고 싶지도 않아.

그렇다고 아무 것도 안 하고 시간을 쓰는 건 체질상 견딜 수가 없으니….

보통은 그럴 땐 친구라도 만나죠.

…친구…

친구라면 나한테 이보다 좋은 친구가 없지.

처음 한번만 대가를 지불하면,

그 이상 내게 어떤 것도 기대하거나 요구하지 않고

지적이고 흥미로운 이야기들을 들려주지.

언제든 내가 기억하는 자리에서 나를 가만히 기다려 주고, 만나고 헤어지는 것도 내가 통제해.

―피곤하게 공간을 왔다 갔다 할 일도 없고, 아무 시끄러운 소음도 없고,

어떤 당황스러운 위험이나 변수에 말려들지 않아도 되는… 평온한 세계.

―책이야말로 가장 완벽한 친구야. 하하.

그렇게 생각하지 않아?

…………………
…………………
오타쿠…

그 친구는 교수님을
걱정해주진 못하잖아요.

………날 걱정하는 사람이 있어?

교수님도 인간 친구란 게 있으실 거
아니에요.

하하. 그거야 뭐.

당연히 없지.

…그게

?

이유가 돼?

거짓말 하나 찝찝하다고
룸메이트 씌이나?

그런 뜬금없는
결정이 어딨어?

아. 꼭 그거 때문만은
아니고…

어라…

아니.
나쁜 제안은 아니지 않아요?

네 친구랑 해.
같이 살 정도 되는 문제는.

내가 왜.

그래… 어쩌다가 이런 꼴까지 보였으니.

내가 이런 말하기도
설득력이 떨어져 보일 건데.

그래도 남한테,
폐 끼칠 정도는 아니야.

……………

…폐가 되는
거예요?

한 두 번이어야
얻어먹고 얻어자고 하는 거지.
그렇다고 내가 무리하게
소비를 너랑 맞출 수는 없잖아.

오해하지 말고 들었음 좋겠는데.
말 그대로, 생활수준이 너무 달라.

우리가 뭘 해도
내가 신세지는 거밖에 더 돼?

…너 나름대로.
나 이러는 거 보고 신경써준 거 같으니까.
고맙게 생각할게.

…아핫.

와하하하!!
아하하하하!
푸하핫!

…………

아. 웃긴다.
그렇게 진지하게 받으시면 어떡해요.
저만 되게 무안해지잖아요.

와~ 나 순식간에
엄청 착한 사람 됐네.

…너 착한 사람
맞아.

넌 누구한테든 호의적이고.
나처럼 피곤한 인간한테까지
차별 없이 잘 해줬어.

충분히
도움 받았고…

네 덕에…
운이 좋았다고
생각해.

좋은 녀석이야, 넌.

………선배님.

손바닥 좀 들어 보실래요.

?

? 이렇게?

짜악!

!!

—하이파이브.

쓰러지시는 바람에
못 했잖아요.

'속이고 싶지 않은 사람'이면.
친구를 일컫는 건가?

…그런데…

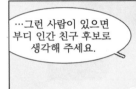

…그런 사람이 있으면
부디 인간 친구 후보로
생각해 주세요.

아니. 난 없어.
그런 사람.

…무슨 말씀이신지
모르겠네요.

그럼 교수님은,
뭐 전부 속이는 게 있어요?

…그런 게 없다고 말하는 인간이 속이는 거라고 생각해.

…어차피 인간은 필연적으로 거짓말을 하는 동물이거든.

이건 통계야. 인간에 대한 관찰은 예로부터 쭉 이어져 온 거니까.

아기는 태어난지 육개월이 되면 가짜로 웃을 줄 아는 연기력을 갖는다고 하지.

그보다 더 크면, 어른이 보지 않는 곳에서 나쁜 장난을 치고 싶어 하고.

신기하지 않아?

본능적으로 갖고 태어나는 거야. 남을 속이고 싶어 하는 마음.

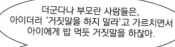

더군다나 부모란 사람들은, 아이더러 '거짓말을 하지 말라'고 가르치면서 아이에게 밥 먹듯 거짓말을 하잖아.

산타가 존재한다느니. 과자를 선반에 숨겨놓고, 다 먹어서 없다느니…

그건 기만이야.

그렇게 자란 인간은 거짓말쟁이가 돼.

201

…그래서 걱정이네.

역시 정상이 아니야.
'속이고 싶지 않다'니…

…뭐가
걱정이라는 거예요?

…상처받을 테니까.

김태성

네—

김형준—

네!

남수현—.

…남수현?
남수현 학생 안 왔어?

웬일이야? 이렇게 조용해.
누가 대출도 안 해줘?

하하—

얘 왜 결석이야?
남수현 친구 있으면
대답해봐.
지금이라도 대출하면
봐 줄게.

…………

…남수현 학생은
리포트 쓰기 전에
친구부터 만들어야겠네.

—뭐라구요?

아니, 그렇게 원래
남이 막 내고 그래도 되는 거예요?

………?

…친구라고
하시던데요.

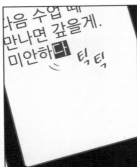

밥 먹었냐?
밥 먹으러 가자.

갑자기
웬 밥요.

때 되면 먹는 거지
갑자기가 어딨어!
따라 와, 잔소리 말고.

…왜 하고 많은
메뉴 중에 죽입니까.
오늘 교수식당 메뉴도
보쌈이던데.

의사가 말도 안 해주냐.
위장병 앓는 놈이 뭔 기름칠할 욕심을 내.

비싼 거야 임마.
잘 먹겠습니다, 감사합니다 하면서 먹어.

…잘 먹겠습니다.

…너,
지난학기에 복학했지?

성적 얼마나 받았나?

4.5요.

미친 놈.

아니 칭찬은 못 해주실망정
미친놈이 뭡니까? 학생한테.

미친 놈
맞지 뭘!

―남수현이 네가
4.5점을 받았단 얘기는…

하루 중에 잠자는 시간이라곤 없이
왔다갔다하는 버스에서 쪽잠이나 자면서.

뭐 점심은 거르고, 공부하고, 일하면서,
위장병이나 키우고.

고카페인에 속 다 뒤집어놓고,
잠도 안자면서 눈까지 건조시켜―

하여튼 자학은 있는대로 다 하고,

결과적으로다가 체격도 좋은 놈이,
백주대낮 강의실에서 꼬꾸라지기나 하는―

―그런 어이없는 짓을
해왔단 얘기지.

그걸 나보고
칭찬하라는 거냐?

그건 있어서는 안 되는 일이야
이 새끼야.

나 참… 왜 젊은 놈들이
점점 괴물이 돼 가냐.

....

......
괴물….

곰팡이도 괜찮고,
미친놈도 참겠는데,

괴물은 썩
너무하시네요.

하긴 뭐.
이제 개천에서 용은 못 나니까.
괴물이나 되는 방법밖엔 없긴 하죠.

....

냠…

…수현아,

나는 4.5점을 받는 학생이
그만 나왔으면 좋겠다.

선생질 처음에 할 때는
열심히 하는 놈들이 그렇게 이쁘드만,
계속 보다보니 영 맘이 안 좋다.

내 죄 짓는 거
같애.

…A+안 주시겠단 말씀이십니까?

………기말 시험 잘 봐라 임마.
잠 푹 자고 와 새끼야! 넌 졸았다간 그냥 F야 F!

잘 먹었습니다.
교수님. 감사합니다.

…교수님.

유리천장이란 개념이 있었죠.

이젠 누구든 그냥,

개천에서 난 놈들 머리 위엔
다 유리천장이 있는 것 같습니다.

투명하니까 위가 보이긴 하는데.
저 건너편에 뭐가 있는지, 보여는 주는데.

'들여보내줄 수 없다.'

'올려 보내줄 수 없다.'…
꼭 그러는 것 같아요.

열 받잖아요.
올라가고 싶잖아요.

살고 싶잖아요.

그러니까. 그거 몇 겹씩 깨부수고
기어 올라가려면…

감수해야 될 거 아닌가요.
다치고 피 보는 거 정돈….

어쩔 수 없는 일이에요.

47.3%
3.1%
35.2%

35.2%
47.3%
3.1%

어렵게 자료 드리는 거니까,

공부 열심히 하세요.^^

"넌"

"웃으면서 남 기만하는 애야."

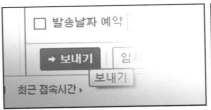

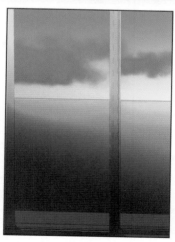

—어딜 보고 있니?

이 집에,
널 사랑하는 사람 같은 건 없어.

엇.

안녕하세요.

어, 응.
그래.

아~참. 그렇지.

쟁
쟁

너한테
갚아야 될…

여준아~!

어제 자료 잘 받았어!
덕분에 살았다!

고마워!

헤헤

맞아.

네. 뭘요.
서로 도와야죠.

난 웃으면서
사람 기만하는 애야.

언제나 속이고 살았으니까.

다만……

이놈의 대학은 툭하면 술, 술…
질 나쁜 고등학생들이랑
다를 게 뭐야.

아~ 또
연락처만
잔뜩 받아 버렸네.

확 예쁜 애들만
남겨둘까.

아니지.
프로필사진을 어떻게 믿어.
솔직히 기억도 잘 안 나는데.

…얼굴도 기억 안 나는
동기들에다,

선배라고는
생각할 수 없는
한심한 것들 투성이고,

어차피 대부분
쓸데없이 저장만 해놓고

다신 연락도 안 할
사이들…

229

—다만.

그렇게 속여 온 사람이

나 자신이었을 뿐.

울음이 터질 것 같은데
웃는 얼굴을 만들어 내고

파랗게 멍든 팔은
화려한 옷으로 가리고

초조하면서도
여유 있는 척

좋아하지 않아도
좋아하는 척

아파도
아프지 않은 척

"넌"

"좋은 녀석이야."

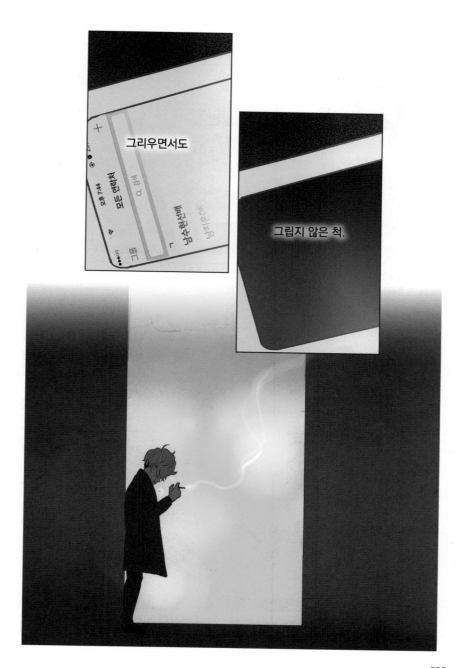

그리우면서도

그립지 않은 척.

—깔끔하잖아.

…그래서 거절했다고?

어차피 알바 때문에도
안 되지 뭐… 당연히.
나 일하는 데가 다 집 근처잖아.

갑자기 무책임하게 관둘 수도 없는 노릇이고…
일 새로 하면 월급 줄고 골치 아퍼.

괜히 편해질려다 손해 나.

얼씨구~ 그래~
포도는 시니까
안 먹는 거지?

……………

남수현 너
그거 병이야 병.

하다못해 나귀새끼도
데려다놓으면
물은 알아서 먹겠다.

넌 왜
떠다가 입에
넣어주는데도
못 먹냐?

고상 떨다가
일찍 죽어!

친구야~~
제발 남에게 피해 주면서 살아라~!!

뭐.
맘대로 말해라.

내 생활을 그렇게
한꺼번에
뒤집는다는 게
얼마나 부담이
큰 일인데.

…그 정도 신세질 만한
사이도 못 되고.

왜? 지 딴엔 친하다고 생각하니까
그런 제안도 했겠지!

…그런 놈이
일 끝나자마자
연락 한 번을 없겠냐.

…………
……………
이해가 안 가네.

뭐
흔한 일이잖아.

아니, 너 말야.
진짜 모르겠네.

왜 상대방한테서
연락 오기만
기다리고 있는 건데?

그러면서
저쪽은 널 친구로 생각 안 한다고
단정 짓는 거야?

…그런 건 아닌데…

237

아니 뭐.
그냥 그렇단 거지.
나랑 다르게
친구도 두루두루 많은 애고.

다섯 살이나 많아서 무슨.
내가 친구랍시고 그러는 건
웃기는 거 아닌가…

흠…

…아니, 어…
나이로 위계질서같은 걸
따지겠다는 건 아니지만…

난 그런 건
딱 질색이고…
어…

음…

연애하나?

어렸을 때야 뭐...
친구 되는 거 자연스럽지.

그냥 자연스럽게 같이 집에 가고,
같이 밥 먹고 있고, 그랬던 것 같은데.

베스트 프렌드다,
막 그런 말이나 좋다고 쓰고 그랬잖아.

근데 나이 먹어갈수록,
연애보다 더 어렵단 말야,
그런 게.

연애란 건
서로 좋아한단 확인이나 하고
시작하지.

친구란 건
의외로 엄밀한 개념은 아닌 거 같아.

친하다고 생각되는 경계를
확신하기가 어려운...
그런 사람들도 있는 거지.

그게 바보 같다곤
생각 안 해.

나이 먹고 괜히
이거저거 겪은 일들만 늘어서.

―아는 게 힘이긴 개뿔.

너무 많이 알아버려서,

다들 겁쟁이가 된 거지.

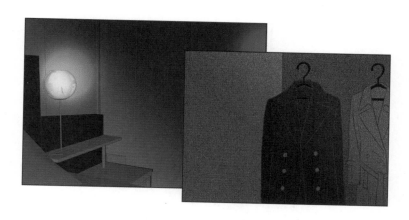

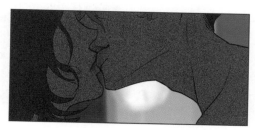

…있잖아.

나 좀 안아 줘.

—근데 오늘 왜 그래?
ㅎㅎ

톡

요즘 안 좋아?
외로워?

—무슨 말을 그렇게
섭섭하게 해요.

누나
보고 싶으니까
왔죠.
아~ 아무리
찾아봐도
누나만큼
예쁜 여자가 없어. ♥

말은 잘 하네~
요 거짓말쟁이!

봐줘요.
침대 위는
거짓말이
용인되는
곳이잖아.

깔깔깔

학교에선
이러면 안 되죠.
소문 나빠져요.

나야 잘못되면
군대나 가면 되지만,
여자는
불쌍하잖아.

끄윽

...
방법을 모르겠어.

···연기하는
기분 말고···

남들처럼 평범하게,
진짜 친구같은···
그런 게···되고 싶은데.

난 뭐가 잘못됐나봐.

뭐가 문제라는 거야?
연애 고민도 아니면서.

연애는 고민 같은 거 안하죠.
몸을 쓰면 되니까.

얘가 큰일 날 소릴 하네.
여자를 우습게보지 마.

아, 그렇구나. 미안해요.

누굴 우습게 보는 건 아냐.

그냥 내가,
그런 방법밖에
모르는 거겠지.

…누가 날 좋아하지 않는 건
정말 싫은데.

내가 누굴 좋아하는 건…
무서워.

오늘따라 왜 이렇게 귀여운 소릴 많이 해~?

오늘은 자고 아침에 갈래?

싫어. 시트 불편해서 잠이 안와. 시험공부도 해야 되고.

공부는 내일 해. 너 똑똑하잖아.

제대로 된 어른이 아니네. 학생이 공부를 하겠다는데.

제대로 된 어른 같았으면 너랑 이러고 있겠니?

그러게. 어떡하지.

나 같은 애는 제대로 된 어른이 필요한데.

누가 구해 주지 않으려나.

247

삠
⊂○°
……

야!

어, 누구지?
내가 아는 사람하고
되게 닮았다!
하하하!

남수현이다!
제정신이 아니구만.
술 먹었냐? 시험공부 안 해?

………

와아아잉
진짜네잉
신난다~잉
나 선배님 진짜
완전 보고 싶었는데~

우와아아아
운명적 만남잉
까르르륵잉

...
연락을 해도
안 받길래.

아~아~ 그거 얼마 빚지는 게
그렇게 싫어요?
진짜 성격 유난하시네~

뭐, 그냥.
너한텐 이 정도 정성은 보여주는 게
맞는 것 같아서.

...왜 아직 학교에 있었어요?
알바는요?

아. 시험 준비도 해야 되고.
좀 쉬기로 했어.

죽을려고 열심히 하는 건 아니잖아.
살려고 열심히 하는 건데.

아직 죽고 싶진 않거든.

아무튼 잘 됐네. 만나서.
한 십 분 더 기다려보고
갈려 그랬는데.

…왜 꼭 지금…!
이렇게 급한 일이에요
그게?

시험 볼 때 어차피 만날 텐데,
그때 줘도 되는…

그때 주면 늦지. 자.

턱

?

아~ 오랜만에 진득하니 독서실 있었더니 정리도 좀 잘 된 것 같네.

물론 너도 성실하니까, 필기는 어련히 했겠지만.

그래도 손명호 교수님 출제 스타일은 내가 좀 아니까. 주관식 예제랑 참고답안도 몇 개 작성해 놨다. 그게 꼭 이 수업에만 도움 되는 건 아니니까 잘 봐.

아… 감사합니다.

열심

열심

…병원비 갚으시는 건 줄 알았어요.

아, 그래. 것도 줘야지.

......
그거까지 받으면…
이제 다신 볼 일 없겠네요.

주세요.

…난 이미 꽤 마시고 왔는데.

싫으면 먹지 마.
난 마셔야지,
눈높이 대화를 하려면.

한 놈은 취하고 한 놈은 멀쩡하면
딴 세계에 있는 거걸랑.

선배님도 안 먹는 게 좋지 않아요?
또 위 탈나서 병원 가면 어쩌려고.

이 정도야 뭐.
난 술 먹을 일이
거의 없는 편이라.

…하긴 근데.
아주 무섭더라고.

아파 보니까.

꼭 죽을 거 같은 게.

내가 아무 것도 해놓은 게…
없는 거 같은 게.

쪼르륵
ㅇㅇㅇ

내가… 이십 오년 살면서,
대체 뭘 하고 산 건가 몰라.

만점짜리 학점?

학점이란 것도 결국엔,
결과가 아니라 과정일 뿐이지.

…더는 생각나는 게 없네.
이상하다.
분명히.

…바쁘긴
드럽게 바빴는데.

훗…

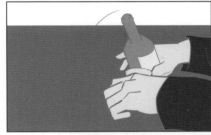

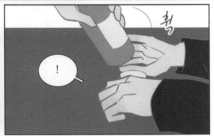

철

!

………

조금씩 드세요.
말하는 거랑 행동이 안 맞잖아요.
무섭다면서요.

…본인도 취해서 정신 뺀 놈이.
그런 건 또 챙길 줄 아네.

하하.

역시 넌 퍽 좋은 놈이구나.

················.

······별로.

ㅡ고맙다느니. 착하다느니.
좋은 사람이라느니.

솔직히 나한테
진짜 안 어울려요.
그런 거.

나도
양심이란 게 있어서요.

...
왜 그렇게 말하지?

넌…

一난.

…내가 당신한테
도움이 됐다고 느꼈다면…

착한 게 아니라,
당신을 좋아하는 거겠지.

………………

난 이기적이거든요.

一그렇구나.

고맙네.

나도 뭐… 그래.

…늦게까지
기다려 볼 만큼은 좋아하지.

내 공부하는 시간 쪼개서
돕고 싶을 정도는.

그 시간들 좀 썼다고,
아깝지 않을 만큼은.

……….

…선배님은
거짓말 같은 거 안 하죠?

해. 나도 인간이야.
방금한 건 아니었을 뿐이지.

....
난 거짓말 되게 많이 하는데.

그래도...같이 살면 좋겠다는 건
진심이었는데.

....
난 그런 생각을 해.

가진 놈이든, 못 가진 놈이든.
다 선택이란 걸 하면서 사는 거 아니겠냐.

유복하다고
전부를 다 갖는 건 아닐 테니까.

....

...최선을 고르면서 사는 인생이 있고,
차악을 고르면서 사는 인생이 있을 뿐이겠지.

난 항상 그랬어.
쭉 그렇게 살았어.
덜 나쁜 쪽으로 고르면서.

솔직히, 남한테 신세지는 거
별로 좋은 일 아니잖아.
빚지는 거... 나한텐 지겹게 나쁜 일이야.

—또 그런 답답한 말이나 하려고…

그런데.

—내가 별로 안 좋아하는
우리 아버지가.

...자기를 속이는 게
세상에서 제일 나쁜 일이래네.

그러니까.
이번에도
덜 나쁜 쪽으로 할까 해.

그렇게 되면…
잘 부탁한다.

…다니까.

너 진짜 일곱 살이냐?
까까 먹을래?

내가 할 말은 아니지만.
잘 좀 먹어라.
말라가지고.ㅉㅉ

—넌 해물이 좋냐 고기가 좋냐.

…해물…

그럼 새우가 좋냐.
오징어가 좋냐.

…랍스터…

………….

…나 참.
공통점도 하나 없는데.

너랑 어떻게 친구가 됐는지 모르겠다.

자취방은 학교까지 5분 거리의, 20평짜리 고급 원룸.

ㄷ자 부엌에, 드레스룸 완비.

뭐, 혼자 살기엔 꽤 호화스럽지 않나 싶은데.

댓글 달기 · 공유하기 2시간 전 모바일에서

홍찬기님 외 92명이 좋아합니다.

댓글 32개 더 보기

훗―

쿵쿵쿵―

아~ 또 누구야, 씨…

누구세요~

벌컥

…안녕하세요.
어쩐 일이세요?

…혹시, 그…
남수현, 아직 여기 살아?

아우~참.
몇 번이나
말씀드려야 돼요.

남수현 선배
여기 룸메이트라구요!

아, 그래?

그럼 들어가도 되나?

그럼요.

어서 오세요.

야, 학생!

니네들 고딩이 아냐?

지금 교복 입고
담배 피는 거니?

Copyright ⓒ Park Ji-yoon, 2017

Published by Garden of Books
Printed in Korea

First published online in Korea in 2014 by DAUM WEBTOON COMPANY, Korea

멀리서 보면 푸른 봄 3

초판 1쇄 발행 · 2017년 11월 25일

지은이 · 지늉
펴낸이 · 김동하

펴낸곳 · 책들의정원
출판신고 · 2015년 1월 14일 제2015-000001호
주소 · (03955) 서울시 마포구 방울내로9안길 32, 2층(망원동)
문의 · (070) 7853-8600
팩스 · (02) 6020-8601
이메일 · books-garden1@naver.com
블로그 · books-garden1.blog.me

ISBN 979-11-87604-42-6 (04810)
      979-11-87604-39-6 (세트)

· 이 책은 저작권법에 따라 보호받는 저작물이므로 무단 전재와 무단 복제를 금합니다.
· 잘못된 책은 구입처에서 바꾸어 드립니다.
· 책값은 뒤표지에 있습니다.
· 이 도서의 국립중앙도서관 출판예정도서목록(CIP)은 서지정보유통지원시스템 홈페이지
  (http://seoji.nl.go.kr)와 국가자료공동목록시스템(http://www.nl.go.kr/kolisnet)에서 이용하실
  수 있습니다. (CIP제어번호: CIP2017029381)